아버지의 꽃말

차창호 시집

문학세계사

ㅁ시인의 말

혼자 걷는 논과 밭으로
누군가 찾아온다면 얼마나 좋을까
쓸쓸한 바람이 부는 들과 숲으로
누군가 놀러온다면 얼마나 신날까
오늘도 그런 생각을 하며 지내고 있습니다

소금 한 가마니 사다 장독대 옆에 세워 두고
일 년 내내 간수를 받아 두는 어머니의 일처럼
누구나 가슴 안에 얹고 사는 눈물들
한 옹기씩 자리해 놓고 그리운 일들이랑
그 쓰디쓴 말들을 빼내고 사는 것 아닌가
가을물 한 그릇 항아리 위에 올려놓습니다

차창호

□ 차례

1

강가의 저녁 ______ 10
돌림 사랑 ______ 11
대추 ______ 12
지렁이 ______ 13
봄빛 받아쓰기 ______ 14
작아지는 봄 ______ 15
배추 ______ 16
허수아비 시간 ______ 19
아버지의 꽃말______ 20
서쪽에서 오는 새 ______ 22
언 땅이 풀릴 때 ______ 23
앵두 딸 때 ______ 24
한 줄의 생生 ______ 25
억새 ______ 26
갈매기 ______ 28
내 삶의 숨결 ______ 30
바람 부는 날 ______ 31
아이에게 ______ 32
솔바람 ______ 33

무당개구리의 시간 _______ 34
항아리 _______ 35
별을 노래하다 _______ 36
사랑한다는 말이 _______ 37
식물인간 아버지의 단면목短面目 _______ 38
밭 _______ 44
나의 살던 고향 _______ 46
돌들의 귀에 속삭임 _______ 48
토마토 _______ 50

2

흐리지만 화사한 꽃샘길 _______ 52
안개 _______ 53
빗소리에 동그라미 친 나의 마음 _______ 54
김유정 1 _______ 55
김유정 3 _______ 56
의암호 _______ 57
독도 _______ 58

새 _______ 59
목숨 _______ 60
바늘귀 _______ 61
자라야 자라야 _______ 62
된장 이야기 _______ 63
종남이 _______ 64
울림 _______ 65
지난 가을밤은 아름답게 어두웠다 _______ 66
그렇게 가을 _____ 67
수마노탑 _______ 68
낙산사 칠층석탑 _______ 70
에밀레종의 변辯 _______ 71
단시묘短詩描 2 _______ 72
내 마음속 여우 _______ 74
아름다움 하나를 위하여 _______ 76
목련 _______ 77
꿈 _______ 78
해와 달과 꽃 _______ 79
꽃잎 하나 _______ 80
겨울로 간 목련 _______ 81

따로국밥 _______ 82
발은 아직도 따듯하다 _______ 84
산벚꽃이 진 자리는 왜 환한가 _______ 85
초록 _______ 86
초록으로 가는 정거장 _______ 90

| 해설 | 전윤호(시인)
짧은 서정시의 긴 여운_______93

1

강가의 저녁

둑새 언덕에 앉아
윤동주의 시 한 줄로 칡뿌리 씹을 때
추해당 꽃잎같이 노을졌다
노을빛은 섬의 이마를 문질렀다
아이들은 노을빛 손을 잡고
정신없이 강둑 위를 달렸다
물빛 사랑에 가슴 다친 물닭 하나
자꾸만 물속으로 들어갔다 나왔다
물때에 지붕의 노랑 칠 벗겨진 집
그리움 애절한 빨래들이 마르고
밀감나무 그림자는 돌담을 베고 잠들었다

돌림 사랑

고요한 하늘 살짝 우려낸 옹달샘
개암나무 잎 몇 장 띄우면
바람이 전하는 시원한 물 향기
말없이, 그대 온 생애 안으로
내 사랑 다 그렇게 돌림 들다

대추

맥박이 빠르게 움직이듯
그 여자 입술 파르르 떨렸다
그때, 가시를 감추고 있는 그 여자
입술을 훔치고
난 무슨 죄를 진 듯 도망쳤다
아, 다만 입술 한 번 훔쳤을 뿐인데
내 입안에
그 여자 씨 하나가 생겼다
깨물어도 깨지지 않는 까만 사랑이

지렁이

이제 나 햇빛 쪽으로 갈래
너무 추워
날 만져 봐
눈물을 버릴래
사랑을 버릴래
똥 쌓인 이 땅을 떠날래
썩은 건 이제 먹지 않을래
더 이상 밤마다 몽유병 쪽으로
떠돌고 싶지 않아
폈다가 오므렸다 그렇게
가다가 날 아주 잊어버려도 좋아
저기 저 밝은 아침 쪽으로 나 갈래
남들은 나에게 손가락질 하겠지
하지만 가도 가도 끝없는 쪽으로
해 뜨면 나 혼자 갈래
꽃피고 새 우는 쪽으로

봄빛 받아쓰기

햇빛 속에는
봄이 살고 있는 것이 아닐까
바람에도 변하지 않던 앉은뱅이 풀잎 얼굴에
하늘만 쳐다보던 생강나무 가지에
녹색 빛이 어룽어룽거린다
오늘 아침 들일을 해야 하지만
빛을 따라 자꾸만 망설이게 된다
한 걸음씩 천천히 고요히
빛은 잡을 수 없는 바람에도 한 줄씩 스미고
보이지 않는 허공에도 한 마디씩 번져서
따뜻한 바람으로 떠돌게 하고
머언 꿈의 하늘로 헤매던 새들을 불러 모은다
나도 내 마음의 빛이 이야기하는 소리를 받아 적어
슬픔을 참고 사는 일을 가슴에서 따뜻하게 하고
꽃이 되게 하여 내 사랑하는 사람들에게 가져다주고 싶다

작아지는 봄

늦은 밤 열차를 타고 집에 도착하니
봄내 하늘에 별들이 가득해
서울 저녁 하늘 아래 재우고 온
어린 딸 숨소리 같은 맑은 꿈도 하나
뒤따라와 글썽이며 손짓하는 것 같아 가만
서서 한참 올려다보고 괜히
이 어둡고 차가운 밤이 걱정이 돼
집안으로 들어가는 걸음이 안 떨어지는데
눈 비벼 다시 보니
어린 딸의 별이 환하게 반짝이며 웃어
산수유 꽃향기를 한 마지기씩 흘려보내는
이 깊은 봄밤에 나는 나비도 안 되고
십 원짜리마냥 자꾸만 작아진다

배추

1

먼 전생 때부터
밭에서 한 달만 살고 싶었다
왼종일 쭈그리고 앉아 청벌레를 잡는
어머니 옆에서
한 달만 살고 싶었는데
어머니 맨발 끄는 소리
땀 훔쳐
새파랗게 어린 내 몸을 헤아리는
어머니 그 손길 때문에
높은 가을 하늘
두 달 지나 석 달하고
열흘이나 밭에서 살고 있다
밭에 가면
어머니 그리움 그윽한 눈빛같이
가슴이 푸르고 하얗게 꽉 찬다

2

밭에 한번 발 들이면
벗어날 수 없다
여기서부터 순해진다
사나운 짐승도
여기 와서는 날카로운 눈빛을 내려놓는다
차가운 빗줄기도 여기서부터 아장아장해지고
마구간 황소 앉았던 자리처럼
먼, 머언 별에서 온 사나이도 밭을 만나 밭이 된다

3

누가 또 내 뼈를 갉아먹는 소리
누가 또 내 몸속에 배설하는 소리
상처가 없다면
내 뼈는 푸르지 않고
내 몸은 맑아지지 않으리
깊이 감춰진
노오란 꽃향기 좇아

배추흰나비 따위 찾아오지 않으리

4

배추 가시 손끝에 들어와 찌르는데
왜 하나도 아프지 않을까
사랑하는 날은
손끝에 든 배추 가시 같다

허수아비 시간

오늘 나는 천 개의 무지개를 보았다
휙, 짧은 팔이 허공을 휘저을 때마다
무지개를 그리고 사라졌다 휘익
천 개의 무지개가 머리에서 가슴까지
긴 다리를 만든다
아무도 그립지 않은 가을
위경련같이 흐날리는 망초 꽃씨들
하냥하냥 구름 지나는 소리
머언 기다림마저 끝난 시간 앞에

밤이 온다
오늘밤 나는 삼백 육십 일곱 개의 별을 헤고
어머니가 밭에 놓고 간 각자 호미처럼
외톨이로 견뎌 온 내 생애를 중얼거린다
아직 내게 천 개의 무지개가 남았다

아버지의 꽃말

겨우내 꽝꽝 얼었던 밭
일 년 묵힌 소똥 거름 퍼 나른다
한 수레 두 수레 몇 수레 부려놓고
앉아 쉬며 밭을 본다
한 몇 년 병상에 누워 한 마디 말없던 아버지
밭에는 꽃다지 냉이꽃 별꽃
아주 작은 꽃의 말만 하는 아버지
그 꽃말을 알아듣기 위해
자리를 털고 일어나 나는 한 밭자리를 간다
잘도 뒤집어지는 아버지 얼굴
아버지의 노랑 꽃말도 뒤엎어진다
뿌리를 드러낸 말 몇몇이 희웃는다
그 어느 날엔가는 아버지와 내가 주고받는 말이 왜 꽃말이어야 하는지
몇 년 밭을 갈고 나서 알았다
아버지가 갈았던 밭
아버지의 아버지의 아버지 때부터
아버지가 내게 해주고 싶은 말이

어떤 꽃말이었는지를
또 내가 왜 이 밭과 이 밭의 꽃말을
갈아엎어야 하는지를
훗날 사랑하는 내 아이가
밭이 된 나를 갈며 어느 날에는 깨닫게 될 것이다

서쪽에서 오는 새

막걸리 몇 잔 마시고
참나무 잎이 떨어지는
언덕에 오르신 아버지
해 지는 서쪽 하늘 보고 섰는데
오늘은 눈물 비친 구만 리
오늘은 별 하나도 차마 오지 못하는 구만 리
헤량할 수 없는 그 슬픔의 길
올올이 엮어
짚세기 한 짝 삼아 신고
언젠가 나도 따라 나서야 할 길

차마 달빛도 오지 않는 하늘가
돌아오지 않는 청춘
돌아오지 않는 이야기
홀로 밟고 돌아오는 새
눈이 붉게 젖어 서 있는 아버지
뺨에 어린 얼룩 씻고 가는 새

언 땅이 풀릴 때

조카가 팽이 줄을 감는다
금 간 벽에 기대선
내 이마의 주름을 잡아 감는다
마을을 가로질러 달리는
꽃샘바람 둘둘 묶어 감는다
바람에 불려 오는 소똥 냄새
그 냄새 잡고 따라 나온
개나리꽃 노란 빛 당겨 감는다
아버지 논 갈아엎는 소리
개울가 저만치 떨어진 개구리 울음
조그만 두 손으로 꼭꼭 감는다
푸른 하늘과 구름 그림자
도도한 강물의 흐름 모두 감았다
팽이를 돌린다
산그늘 아래 언 땅 녹듯
눈물 비친 사랑과 그리움
세월의 무늬가 단숨에 풀어진다

앵두 딸 때

항아리 속에는
할머니가 설탕으로 재워 온
한 말 술이 곰삭아 있습니다
아버지 얼굴 그리워
뒤곁에는 앵두가 익어 가고
밭에는 호박꽃 핍니다
이런 날 내 마음은
어떤 나라 하늘을 날아가는 새일까

항아리는 땅속에 묻혀서
한 번도 열어 보지 않은
먼 나라의 계단이 됩니다
희망을 담은 물과 소금 그릇이
계단에 하나씩 놓여져 있습니다
밤이 오면 냉수 사발 한 그릇
그 위에 올려놓고 별빛을 다 우려내
아침 새보다 먼저 나는 그 물을 마십니다

한 줄의 생生

가난했던 시인의
시 한 줄마냥 누워만 계신
아버지를 매일 읽었네
무슨 뜻일까 생각했네
그러나 아버지는 자꾸 가래를 뱉으셨네
가끔 똥만 누었네
밭 갈다가 한 줄의 시를 입안에 떠올렸네
백오이를 따다가도 한 줄의 시를 베물었네
새벽에 깨어서 한 줄밖에 안 되는 시를 보고 또 보았네
한 줄의 생을 다 읽어도 무슨 말인지 몰랐네
한 마디 한 마디의 말마다
소리 없는 강물이 흘렀네
어느 날 내가 막상 한 줄의 시가 되는 날에는
그 침묵의 뜻을 알 수 있을까
60여 년 동안의 그 숱한 삶의 질곡과 눈물과 웃음
이 한 줄의 시 외에는 더 할 말이 없다는 얼굴로
아버지 침대 위에 짧게 씌어 있었네

억새

아버지의 어깨 단단했다 그때
문 열고 나가는 뒷모습 도움 받아
햇빛들 앞으로 쪼르르 뛰어넘었다
어깨 짚다 미끄러져 바닥에 넘어지는 햇빛도 보였다
어린 때 어깨 위에 올라타 보았던 무등 세상
즐겁고 마냥 신나 큰 웃음이 났다 그때
걸터앉은 자리 든든했으므로
살면서 겪어야 할 고통과
사랑하면서 받아들여야 할 슬픔 때문에
아버지 어깨 굳어져 가는 것을 알지 못하였다
아버지의 어깨춤이 사실은 흐느낌이었다는 것을 그때는 몰랐다
아버지는 어깨 위에 쌓이는 먼지 한 점도 아름답다고 그랬지만
꼭 그렇지만은 않다는 것을 알게 될 무렵
어떤 햇빛도 그 어깨를 짚고 뛰어넘지 않았다
어떤 햇빛도 그 어깨 위에 올라타지 않았다
더 이상 무등 세상을 볼 수 없는 나이가 되면

누구든지 어린 것들이 어깨를 짚고 앞으로 넘어갈 수 있도록

허리를 구부리고 뒷모습으로 서 있어야 한다 그때는

갈매기

바닷가를 걸었지
모래톱에 박혀 있는 붉은 매화처럼
바다도 먼 고향의 추억에 잠기면
난 섬으로 갈 테야
구름이 될 테야
물빛 사랑의 말들도 떠오르고
모든 것이 젖는 바다
돌아보면
사랑은 말없이 깎고 깎아
뼛속까지 투명한 바람
그림자만 닿아도 파도는 출렁거리고
그 속에는 그리운 것들이
새파랗게 떼를 지어 떠돌아
가난한 한 어부가 배를 타고
그물을 던져 가득 잡아 오지
어부가
그 중에 싱싱한 놈 하나를 던져 주면
그 하나를 물어와

씹어서 어린것들 입속에 넣어 주고
나는 그게 좋아 바닷가를 걷는 거야

내 삶의 숨결

세수하다
아버지가 벗어 논 틀니를 보았다
소금물 그릇에 담긴 틀니
어둠을 꿰매는 초사흘 달같이
아버지 이마의 주름
잇몸에 한 대 걸고 웃는다
술 취해 잠든 아버지
방 안의 지독한 술 냄새 괜찮다고
가을걷이 다 끝난 오후의 햇발같이
아버지 맑은 눈물
어금니에 꽉 물고 틀니는 웃고 있다
땅을 팔고 고향을 떠나자
집도 팔고 이곳을 떠나자
아버지 속으로 삭이는 가난하고 어려운 삶의 이야기
맑은 물에 나지막이 풀어내고 있다
그 소리 없는 전음
짐승같이
거칠기만 한 내 삶의 숨결
가부좌 틀고 앉아 누른다

바람 부는 날

오늘도 변해 가는 내 마음은
바람이 되어 내 몸을 통과합니다
부질없는 이 세상을 사랑하는 바람
바람은 바늘귀를 통과한
판소리 가락이 되어 들려옵니다
내 마음속은 언제나 빠르고
아무것도 남아 있지 않은 바람이 붑니다

호박밭의 황금빛 푸른 저 빛을
내 눈빛으로 만드는 이 아침 바람
온통 억새로 변해 가는 언덕에 올라
나 혼자 가야 할 소리를 하는데
바늘귀를 통과한 판소리 가락은
내 몸 속 피를 돌고 있습니다

아이에게

해종일 맨발로 놀다
잠자는 아이야
흙 묻은 발인데도
담박하고 사랑스럽구나
때 묻어난 이 나라 땅을
순한 그 발로 콱 찍어 다오
이 땅의 버려진 피를
죄 없는 그 손으로 닦아 다오

주책없이 커져 버린 몸을 숨길 수 없구나
꿈꾸는 나의 눈길
꽃 웃음 피는 네 입가의 언덕에 눕고 싶구나
이제 차츰 말라가지만
꿈꾸는 아이야
잠꼬대하는 이 나라의 언덕
코스모스로 서 있는
너의 그림자 뒤에 묻히고 싶은데

솔바람

난 소나무 숲에 살아
머잖아 세상으로 나가야 하지
저 바깥세상으로 나가면 큰 소리로 울어야 해

아직은 어린 날 받아 주는 맑은 숲
크면 이 숲에서 더 놀 수가 없어
어른 되어 이 숲을 빠져나간
이웃들은 하나도 돌아오지 않았어
눈 뜨면 눈 깜짝할 새도 없이
계곡 물소릴 따라서 달려야 해
그래서 눈 감고 귀도 꽉 막고 있지

생각 없이 뜬구름 왔다 가고
안개도 오래 놀다 가지 못하는
해와 달과 별빛이 와 잠드는 숲
어른이 된다는 건
이 맑은 숲으로 돌아올 수 없다는 이야기

무당개구리의 시간

무당개구리 울음소리
수제비 뜨는 저녁
흰여울 저만치 둥둥 구름 떠다니네
무당개구리 울음소리
자주감자 꽃 하나 둘 셋 숫자를 세고
해지개* 은사시나무 숲으로
수수꽃다리 보라 그늘 아래 두리번거리네
무당개구리 울음소리
어머니 호박밭에 너부시 앉았다 간 자리에
아버지 논 물꼬 트는 삽날 끝에 씻겨
멀리 강 건너 더 멀리 빈 집
그 불빛 길을 따라 헤엄쳐 가네
동그라미 동그라미
그렇게 다 내 마음 즐겁게 쉬었다 가는 소리
지금 견딜 수 없이 괴로웠던 슬픈 일들도

* 해가 서쪽 지평선이나 산너머로 넘어가는 곳

항아리

달 속에 산개구리 잠든 밤
가슴을 조이는 내 눈물은
맑게 씻긴 자갈돌로
배꼽 아래 가만히 질러 두자
소를 따라 새김질 질겅질겅
기어이 나를 끌고 다니는
그리움을 씹는 내 마음도
여러 날을 굴리고 잘 닦아서
배꼽 아래 가만히 질러 두자
머잖아 어둠 속에 눈을 맞을
오백 년 이끼 낀 돌담 옆에
외로운 산 그리메 가라앉고
조롱조롱 소리 나는 나무 옆에
달빛이 쌓이는 밤
뜨거운 그 무엇에 목이 꽉 멘 산개구리
그 눈 속에 핑 도는 울음까지 마련하여
배꼽 아래 가만히 질러 두자

별을 노래하다

나뭇잎을 갉아먹는 청벌레
나뭇잎마다 구멍 내는
그 늘푸른 소리 듣기 좋아
나뭇잎 구멍으로 밤하늘 바라보면
별들이 빛으로 내는 그 소리 참 좋아
저기 저 벌레가 기어올라
이 밤을 갉아먹고 누고 간 똥이 떨어지면
어두운 곳에서 제 몸에 낸 상처를 숨기고
그 틈으로 별을 내다보는 사람들
아프게, 상처 내는 소리로 빛나는 별들이
시작을 알 수 없는 하늘 끝까지 가고 있어 참 좋아

사랑한다는 말이

거미줄 치는 집
마구간에 묶여 있다
코뚜레 하나 걸고
맛없는 지푸라기만 씹고 있다
낮달같이 고집 센 눈망울로
오랜만에 밭으로 나온 날도
아름드리나무에 묶여 있다
짝사랑 그 여자 만나면
음메 음메
알 수 없는 말들 향방 없이 흩어지고
여울목 빠져나간 물빛같이
그 여자 가고 말면
마음 하나 둘 곳 없어
질경질경 새김질만 바보같이

식물인간 아버지의 단면목短面目

1

뼛속 깊이 썩은 피
토하고 쓰러지고 나니 편안하다
이제는 남들 앞에서 체면 차리고
경우 차리는 일 따위 안 해도 좋구나
예의 따위 사람 노릇 그만둬도 괜찮구나
지금 이곳은 나귀의 해 (말의 해)
진짜 내 집으로 고요히 들어와 보니
죽음도 나와 무관하느니라
애비이고 사랑이고 자식새끼이고
나하고 상관없는 줄 이제야 알겠구나
얘들아, 이 애비 자꾸 부르지 마라

2

물속엔 개구리 소리
산에는 소쩍새 소리
산과 들에 나가 보면
나아가 보면

이름 모를 들꽃들 향기
나를 불러 세워 반기고
먼 산 건너 머언 산도 기쁘게 한다
시골 밤길
밤하늘은 매일 생일 잔치
막걸리 몇 사발에
따뜻한 잠자리만 만들어 놓으면
거기서부터 천국의 즐거움이 준비된다

3

논두렁 밭두렁 쇠꼴 베며 뽑는 소리
오뉴월 땡볕 아래 김맬 때 하는 소리
밤마다 다듬이질 하며 부르는 소리
진흙 속에 곱게 피어나는 연꽃처럼
한으로 빚어진 아름다운 소리
서러워 말할 수 없이 서러워 애절한 가락
한세상 소리로 살다 소리로 세상을 떠나는 것
절망도 미움도 욕심도 버리고

용서하고 사랑하고 감싸 안는 소리
서러워 눈물이 날 때 소리하는 것을 잊지 마라
명사십리 해당화 같은 구성진 가락을 기억해라

4
꼼짝없이 날품팔이하며 돈 벌러 다니고
명예 찾고 욕망에 속아 떠돌던 날들
답답하고 소화도 잘 안 되는 세상
하루에도 몇 번씩 지옥을 왔다 갔다
들락날락거리다
이제야 빠져나오니
산과 계곡물 노랫소리 들리고
바람도 소나무 아래서 노래 부른다
구름은 골에 숨어들어 예쁜 꿈을 꾼다
오늘도 나 천국에서 논다

5
땅이 열리고

바위가 열리고
나무뿌리가 나아간다
자궁이 열려 아기가 태어나듯
그렇듯
삶이 열리고 죽음이 나아가며
죽음이 열리고 삶이 나아간다
사람의 눈도 마음도
거울도 거침없이 열려 있지 않다면
아무것도 비추지 못하리라
맑고 맑으면 열리고 만물이 절로 따라온다

6
꽃 속에는 꽃뿐
꽃 속에서
꽃 다 꺼내는 빛
꽃 속에서 꽃 다 빼내는
향기 다 보내고 난 다음
거기 꽃그늘만 남아 있네

7

아버지, 웬 가래를 이렇게 많이 뱉으세요
아들아, 시를 쓰면서 이 가래를 모르느냐
이게 세상이란다
이게 강물이 흐르는 까닭이란다
무슨 말인지 모르겠어요, 아버지
힘껏 가래를 뱉어라, 아들아
좀 더 숨막히고 메마른 세상 깊이 들어가 그르렁거려 보렴
그래야 아름다움이라든지 사랑이라든지
그리움 따위라든지
그게 다 한 덩어리의 가래일 뿐인 것을……
그럼, 지금 창밖의 저 비 한 방울 한 방울도
가래란 말씀인가요, 아버지?

8

이제는 입으로 물 한 모금 마실 수 없는 신세
여자는 입가에 꽃웃음, 눈가에 꽃눈물 글썽이며

마른 내 입술 물빛 사랑으로 적셔 놓고
창을 열어
높은 가을바람 불러들인다
귓가를 스치고 가는 바람
따라 들어온 햇빛 이마에 와 앉아 논다
오늘도 바쁘기만 한 여자의 손도
잠시 내 이마에 얹어져 쉰다
이렇게 꼼짝 못하는 사람에게도 빛이 오고
그 빛에서 쉬는 손도 있으니 고맙다
때로는……

9
살아서 본전치기도 안 되고
물거품 물며 살던 아지랑이 세상
끝났다
빈산의 달빛 아니라면
잠이나 자야지
다시 깨어 무엇하랴

밭

아버지 손으로 평생 뒤집던 밭
젖은 흙 몇 주먹 주워 비닐봉지에 담는다
그 붉은 흙 속에 깎여서 둥글게 뭉쳐진 손금
얼마나 젖은 채로 단단했었던가
어린 내가 힘껏 밟으면 밟을수록
살아야겠다 어떻게든 살아야겠다
이를 꽉 물고 엎드리던 아버지 밭
누가 그 흙을 깨끗이 씹어 삼키고 또 곱게 뱉어 내었는지
나는 안다
여기 젖은 땅에 내려온 별들
흙으로 살짝 묻어 주던 손
갈라지고 터질 때마다
아주 먼 데서 날아온 새들 물속에 몇 번씩 들어가 푸른
구멍을 내고
이름을 얻고 높이 자란 나무들 모두 흔들려
잎잎이 숲속으로 푸른빛을 떨어뜨리고
주워 담은 몇 주먹의 젖은 흙과 함께 나는 햇볕에 누워
말라갈 것이다

매일 매일 눈물을 버리고
눈물이 다 마를 때까지 사랑도 버리고
어느 날 밤에는 아버지가 흙으로 덮어 준 별빛도 조금씩 떠나서
어두운 하늘 높이 어딘가로 떠나서 조그맣게 박힐 것이다
나는 안다
아버지 손을 넣어 뒤집어 보던 밭
흙을 내게 꼭 쥐여 주고 떠나갈 때
이름 없이 하늘 근처에서 반짝이며 울던 별
강을 따라 아주 멀리 바다까지 따라가며
누가 죽어 어디로 흘러가는지 기억할 것이다
죽어간 것들을 어떻게 사랑하는지도

나의 살던 고향

가을 무구덩이를 판다
반 평짜리 내 몸 뉠 자리
그만큼 삽으로 흙을 파내고
큰 무 작은 무 함빡 재어 놓아
왕겨 한 가마 흩뿌리고 나면
노랑노랑 놀 번지던 그날 저녁 하늘이 생각난다

어머니는 소슬바람 한 자락에도
슬관절을 다쳐 물이 차올랐다
적은 물소리에도 마당의 평상이나
댓돌에 눌러앉아 멀리 물 흘러 사라질 때까지 기다리곤 했는데
목장 안에 아버지는 소가 아프다고
볏짚을 한 수레 썰어 펴놓고는
밤새 무심한 달빛 아래 서 있었다

입동 지나 뒤꼍 응달 아래
통무에 쪽배추 몇 폭 넣어 담근

동치미 한 다기 꺼내 먹는 날은
고목나무에 꽃 피는 마음을 숨기려던
할아버지 할머니가 앞서거니 뒤서거니
호랑지빠귀 새가 되어 양지바른 나뭇가지에
날아와 앉아 울었다

입춘 지나 뒷산 풀섶에서 다른 새들이 봄씨를 주워
입에 물고 가는 사이
아버지는 꽝꽝 언 밭 여기저기
몽실몽실해진 지난해 소똥을 꺼내 덮어 주고는
아직 오지 않은 내일을 콧물로 풀어내 버렸다

음력 정월 벽에 붙은 볕을 만져 보고
마당에 자는 바람을 들여다보던 어머니
가마 걸고 메주를 쑤는 어느 날 아침
싸락눈이 하얗게 내렸다

돌들의 귀에 속삭임

박힌 돌들이 웃는다
누군가 밟았던 곳
누군가 기다리다 저녁이 오는 길
그 돌이 조금씩 금이 가면서
시나브로 닳고 닳아서 웃는 것
이제 누가 이것을 꿈꿀 것인가
박힌 돌들이 열심히 귀 기울이며 웃는 것
깊은 동굴 속에서 부는 몽롱한 바람 소리
꽃그늘에 구르는 깨끗한 금모래들
계곡물 따라 몸을 바꾸는 장엄한 흰구름들
가장 나쁜 사랑이 가장 좋은 사랑이 되는 일처럼
박힌 돌을
누가 꿈꿀 것인가
누군가 울고 있던 곳
누군가 살아서 죽음이 오는 길
불 꺼진 집 무심한 표정으로 바라보다
초록이 깊은 산속 맑은 옹달샘과
점점 쓸쓸해지고 험해지는 언덕길과

물푸레나무 잎사귀를 흔드는 가난한 새의 노래들
이 아름다운 땅에
박힌 돌들의 귀에 속삭이러 간다
나무의 푸른 그늘
영혼의 느린 걸음
잠자고 숨 쉬고 꿈을 세는 곳
이제 누가 이것을 믿고 따를 것인가

토마토

그녀의 몸을 더듬는다
아침 이슬에 흠뻑 젖어 차갑다
그녀의 몸에 난 파아란 상처가 보인다
상처는 어린 싹을 내밀어
햇빛을 잡는다
쑥보다 쓴 향이 툭툭 터진다
그 향에 젖는 햇빛
꽃이 핀 상처를 만진다
두 손에 노오란 물이 든다
그늘에 앉아
꽃이 핀 상처를 지켜보다
그녀의 몸속으로 들어간다
갈라진 틈으로 꽃 핀다
그 꽃은 금빛이다
이만하면 내 사랑 괜찮다

2

흐리지만 화사한 꽃샘길

사랑이 인간의 언어를 모르듯
사람이 사랑이여 하고 초혼으로 불러도
모르네 슬픔은 나를 보지 못하고
나만 슬픔이 보이네
고통은 나를 보지 못하고
나만 고통이 보이네
이 한 번뿐인 생을 노여워하는 거 그건
어느 날 내 작은 오솔길 중에 만난
갈지 자로 놀라 도망하는 꽃뱀 한 마리
눈물이 내 마음 나도 모르게 건듯 지나쳐 가네

안개

한강이 방역을 시작한다
소리 없이
하아얀 연기가 퍼진다
순식간에 산봉까지 오른다
도시는
한강의 방역 속에 잠긴다
자동차 소리에 물든 골목
네온사인 불빛에 눈먼 하늘
사람들이 밟고 간 산
악취 나는 하수구 구석구석
하얗게 스민다

어린애의 맑은 꿈속에까지
별들이 몽유병에 걸린 밤,

빗소리에 동그라미 친 나의 마음

다시 태어나면 밭이 되고 싶다
생각하다가
가만, 비 오는 소리를 듣는다
이 세상에 나는 비 오는 소리로 왔고
비 오는 소리로 나는 돌아갈 것이다
삶과 죽음
고요와 혼란
침묵과 언어도
저기 저 방울방울 내리는 비
소리에서 다 끝난다
생각하다가
아버지 어머니처럼 향암인
농부의 발걸음에 깨어 꽃 피고
봄이 오는 밭이 되고 싶다
생각한다
빗소리에 동그라미 친
빗소리에 동그라미 친 나의 마음

김유정 1

의암호 강변길 모퉁이를 돌아가다
소설가 김유정을 만났다
절벽에서 떨어진 바위 같은
그는 술을 마셔도 취하지 않으니
어떻게 하면 취할 수 있느냐 물어왔다
삼십이 넘도록
뜬눈으로 의암호를 바라봤지만
아직도 의암호 하나 다 보지 못했다고 울었다
빈 가슴마다 의암호가 생긴다고
그는 삼악산 크기의 외로움을 만들었다
의암호는 그 외로움을 삼켰다
가차이서 동백꽃 불씨를 피워도
그가 앉은 아랫목은 차가웠다
바람 불고 저녁별 뜰 때 그는
새가 누고 가는 똥은 꽃이 되는데 왜
사람이 누고 가는 똥은 버러지가 되는 거냐고
울었다 그리움이 없어질 때까지

김유정 3

강물이 흐르기 때문에
먹황새 날아오고 낮달이 뜨는 거야
텅 빈 그리움의 시간이 따듯한 거야
물속의 집이 무너지지 않는 거야
물풀에 가슴을 베어도
강물은 푸르게 흐르는 거야
오랫동안 숨어 살던 어리연꽃들 갑자기 떠올라
물빛을 뜯어먹고
불을 끄고 먼 길 떠났던 사람들
집으로 돌아와 불을 켜는 거야
강물이 흐르기 때문에
저녁별 뜨고
쓸쓸한 밤에도
별이 떨어져 물속의 이야기들 따듯한 거야
우리들 사랑 따듯한 거야

의암호

새벽
새들이 강에 앉아 가슴으로 문지르고 있다
물안개 피어오른다 따뜻하게
강이 흐른다

독도

그녀는 동해의 중심에 앉아 있다
정확히,
왼쪽 무릎 위에 오른 다리 올려놓고
오른손 끝으로 오른 뺨을 받친
미륵보살반가사유상
그녀는 푸른 바다를 허리에 둘러
빙글빙글 염주로 돌리다
경제가 어려워도 정치인이 아니래도
이 세상 그런대로 잘 돌아가는 걸 아는지
얼굴의 미소를 바다에 떨궈 반짝이게 하고
수천 년을 저런 자세로 앉아
맑은 날 멀리서 바라보는 나를 글썽이게 하고
저런 자세로 염주 내리지 않고 돌리고 있다
가끔은 이 세상 소화가 안 돼 방귀도 뀌며

새

햇살이 닷 말이나 남아 있는
나무에 앉아서
저 새는 보고 있다

결국은
구만 리 가는 슬픔도
끝내 부질없음을

그날 하루 그 외로움이
무늬 지는 산머리에
깨어나는 아득한 별들의 울음을
저 새는 가슴으로 듣고 있다

목숨

오늘은 딴 일은 없고 해서
아침 새 날아가는 나라에는 누가 살까
그 고운 몸짓을 따라서 걸어가 봅니다

저 새는 내 집에도 찾아와 앉아 가고
마당에 이웃한 소나무 가지에도 앉아 가고
어머니의 어머니뻘 되는 땅에도 앉아 가고

오늘 아침, 여름 살던 집을 떠나
그런 일은 다 잊은 나래로
새들이 날아간 하늘에는 누가 살까
그 고운 몸짓을 따라가나 봅니다

바늘귀

침침한 눈으로 바늘에 실을 꿰던 할머니는
마루 끝에서 실을 따라 바늘귀로 들어가시고
그 옆에 졸고 있던 할아버지
할머니 뒤를 쫓아
슬그머니 바늘귀로 따라 들어가십니다
마루 밑에 엎드린 마당개
마당에 막 피는 패랭이꽃도
바늘귀 속으로 따라 들어갑니다
기와에 떨어지는 빗방울
기둥 타고 내리다
바늘귀 속으로 따라 들어갑니다
온 세상이 텅 비어 있습니다
빗소리만 가득합니다

자라야 자라야

자라야 돌 밑의 자라야
물가에 발 담그고 노는 버들
잎잎이 손으로 돌려 여는 저 물빛은
네가 나와 먹고 가라
한 만년 된 거미가 돌리는
물레로 짜 지은, 물가에 저 도포는
네가 나와 입고 가라
자라야 돌 밑의 자라야
누이같이 동생같이 웃음살 떠올리는 물가에
엄마가 방금 놓은 징검돌 위에는
네가 먼저 자고 가라

된장 이야기

보름달, 빛으로 익힌 된장
한 숟갈 떠서 담는다
거기서 무슨 우스운 얘기를 들어서였을까
히히히 뜻없이 웃음 한 입 꿀꺽 삼킨다

겨우내 코를 막고 씩씩거리던 아이도
토장국 한 그릇 더 주세요 하고
옷마다 메주 냄새 다 밴다고
신경질 부리던 누이동생도
언제 그랬냐는 듯 밥 말아 먹는다

히히히 자다가도 웃음을 흘린다
거기서도 무슨 재미난 얘기들 꽃피우는지
보름달, 빛으로 빚은 된장
한 그릇 퍼 담으면
자갈돌은 물길을 만들고
그리운 것들은 다리를 만든다.

종남이

논둑께 고추개구리* 울음소리
넘치는 텅 빈 운동장
어제 내가 따먹은 구슬은
오늘 바보 종남이가 다 따먹고
서쪽 하늘 개밥별 쪽으로
종남이는 외나무다리를 건너간다
아직 글 읽을 줄 모른다고
친구들이 놀려도 웃기만 하는 종남이
내 손에 구슬 개평 쥐여 주고
잘 가라고 멀리서 몇 번씩 손을 흔든다
종남이가 넘어간 언덕길
집으로 가다가다 돌아보면
그 위에
내 뒤를 따라온
종남이의 섬섬한 구슬
섬섬한 구슬 한 개

* 무당개구리

울림

가을 아침
탑골공원 팔각정 계단에
애인인 두 노인이 앉아 있다
기와 얹은 담
공원을 끌어안고
햇볕은 따스하게 그들의 가슴에 숨어든다
그들의 침묵은 느티나무 잎을 갈색 물들이고
유리벽 속 원각사지 10층 석탑의 새를 날린다
손 맞잡은 그들의 눈 속으로
단풍잎 뒤 원각사지 10층탑 위의 새가 숨어들어
주름진 얼굴에 갈꽃 웃음을 환히 피운다
원각사종 그 오만 근의 울림
둥글게 둥글게 끌어안고
숨어들어
서로를 물들이는 사랑
두 노인의 서쪽 하늘 눈빛은 맑게 보여 주었다

지난 가을밤은 아름답게 어두웠다

10월의 밤은 어둡지 않다
빨갛게 불타는 단풍 때문이 아니다
길목 길목의 밀감 불빛 때문도 아니다
가을밤은 아무리 방황하며 걸어도 어둡지 않다
별이 하나 켜지지 않고 달이 달리지 않아도 밝다
다만 내가 어둠에 낯설기 때문
밤은 사실 얼마나 밝은지 모른다
호박꽃 빛보다 노오랗고
사랑만큼 변함없이 반짝인다
나는 안다 내 사랑은 내가 사랑한 것이 아님을
내 슬픔을 내가 슬퍼한 것이 아님을
지난 가을밤은 내게 너무 아름답게 어두웠다
또한 어두운 게 아니다
어떤 절망이나 불행도 다만
내 안에 떠오는 스물네 가지 색의 무지개 중 한 빛깔일 뿐인
오늘 새벽 아침은 0.5리 밖 모든 풍경에
안개가 퍼져 하이얗게 환해지고 있다

그렇게 가을

이랬던 놈이나 저랬던 놈이나
저마다의 빛깔로 고웁게 물들어
한바탕 계절이구나
작은 꽃그늘도 큰 산그늘도 그렇게

수마노탑

가을비 내리는 날
정선 정암사 수마노탑을 보러 갔습니다
적멸보궁 뒤꼍 산비탈에
자장율사가 당나라에서 짊어 와 쌓은
벽돌 같은 마노석
모전석탑 앞에 서니
청동방울 소리가 맑게 울립니다
찬비 기운도 따라왔는데
부처님 진신사리 때문인지
오는 비 차갑지 않습니다
탑돌이 하고 내려간 사람들
합장 때문인지
함백산
천의봉 금대봉 은대봉도 얇은 모시옷만
살짝 걸쳤습니다
사람의 몸으로는 문수보살을 친견할 수 없어요
빤히 내려다보던 탑
몸을 약간 삐딱하게 기울입니다

절 아래 맑은 계곡
항상 눈이 빨간 열목어같이

낙산사 칠층석탑

절벽이 빠안히 고개를 쳐들고
올려다보는 홍련암 앞에서
큰 불 받는 바다를 끌고 사라지는
명태잡이 어선 한 척
따라가고 싶어 따라가고 싶어
동종 울음이 왼뺨을 때리면
해조음 소리가 오른뺨을 후려칩니다
몸 밑에 연꽃 피는 겨울,
갈매기 울음 버리고 간 사람들 만나고
별들의 노래를 버리고 간 사람들도 만나는데
무언가 기다리는 소식은 없습니다
인제는 그리움도 사랑도 없습니다
눈보라 몰아치는 날
바다를 들어 올렸다 내려놓던 명태들 걸린
새푸른 덕장이 되고 싶습니다

에밀레종의 변辯

종이라면 소리가 생명이요 숨결이다
사람이나 짐승이나 무생물이나
숨소리 멎으면 이 세상 끝장인 것이다
깨질 것을 우려해
타종을 하지 않는 것은 과실치사에 다름 아니다
좀 심하게 말하면
목을 졸라 질식시키는 살인이다
타종은 심장의 맥박이다
그런데 타종을 하지 못하겠다는 것은
의사가 환자의 호흡기를 떼어 버리겠다는 위협이다
신라 천년의 숨통을 끊어서
박제로 만들어 무덤에 전시하겠다는 수작이다
박제로 천년을 살기보다
한 번의 아름다운 울림으로 천년을 사는 것
그것이 종의 마음가짐이다

단시묘短詩描 2

1. 인생

아무리 얘기해도 아이가 말을 듣지 않는다
답답해 이러쿵저러쿵 해봐도 소용이 없다
예수님 부처님이 오신다 해도 고집불통이다
곁에 두고 아무렇게나 내버려 두지도 포기하지도 못한다

2. 사랑

수천 리 수만 리
멀리
사랑은 찾았어도
수 년 수십 년
몇 년
살아도 사랑은 모르게 되는 일
왜 몰라
사랑
궁금하고
궁금한데
아직 사랑이 아닌가 보다

이제서야 시작인가 보다

3. 죽음

죽은 누이가 보고 싶어
못 먹는 술 몇 잔에
얼굴만 빨개져서
뒤란 창 밖에
목련 라일락 꽃향기
옷자락 붙잡고
하룻밤을 다 새우던 봄
나무뿌리처럼 밑으로
한없이 뻗어 가던 사내
고향 밭두렁 가에서
한 줄의 시로 서서 흐르다

내 마음속 여우

며칠 전
내 마음의 숲에서
아주 멸종된 줄 알았던
여우 한 마리 발견됐다
죽은 채
사인은 양심 중독
꼬리는 하나
꼬리 아홉 달린 여우의 새끼 같다
먼 옛날
전생에서부터 내 맑은 혼을 빼고
아름다운 인생을 착각에 빠트리게 했던
마음 하늘에
어둠이 와 달을 가리면
양심들 현혹시켜 하나씩 간을 빼먹었던
꼬리 아홉 달린 그 여우
아직도 태고의 동굴 어딘가에서
몰래 여우 새끼를 낳아 기르고 있었던 것일까
성모 마리아처럼 성령으로 낳았을 리는 만무하다

그런데 얼마 전부터, 달 없는 밤마다
마음 마을 어귀에서
양심이 실종되는 사건이 종종 벌어지고 있다
오리무중이다

아름다움 하나를 위하여
— 메주

함박눈 펑펑펑 내리는 저녁, 난
눈 코 입 문드러진 문둥이가 되는 거야
할아버지 할머니 아버지 어머니가 그랬듯이
몸에 스스로 큰 상처를 내
욕망의 결절을 다 뱉어 내고
누룩빛으로 마음껏 배불리는 거야 난
손발톱 하나 둘쯤 짓물러 떨어지고
그래서 겉으로 보이는 삶이 아닌
썩어 문둥문둥 해지더라도
썩은 몸 삼켜 하아얀 눈꽃을 피우는 거야
가장 높은 마음은 스스로 썩어지는 데 있으니까
몸 하나씩 버리는 이 징역을 견디는 거야
징역 끝에
우리들 삶의 뒤란, 그 어두운 항아리 속에서
뜨뜻한 불길로 활활 몸 사르는
그 아름다움 하나를 위하여 난
새끼줄에 열십자로 묶인 예수가 되는 거야

목련

부끄럼도 없는 그늬
저 흰 살들 좀 봐
바람기도 없이
저렇게 궁둥이를 다 내놓고
왼쪽 아니면 오른쪽으로 흔들며
애나 어른이나 다 데리고 가는 거야
초록잎 그늘 아래로

꿈

아침에 눈을 떠 바라보는 생강나무는
언제나 외로운 곳을 바라보고 있습니다
시방 까닭 없이 눈이 젖는 가지 위로
박새들이 날아와 그 열매를 흔듭니다
열매 속은 아무도 알아내지 못하는
검은 빛을 따라 들고 나온 씨만 남고

지금 내 마음 가까이 더듬거리며
그 그림자 오시는 것 같습니다
한 점 먼지에도 온 세상을 느끼고
그 꽃빛 방 안으로 걸어 들어옵니다
그러면 마음 아픈 것들은 너나없이
어둠이 앉았던 자리에 가만히 와 앉습니다
그 자리에 내 마음도 와 앉을 때
당산의 자라바위 고집 같던 어둠은
한 점 먼지 되어 빛 속을 떠돕니다
지금 내 마음 가까이 더듬거리며
누가 오시는지 알 것 같습니다

해와 달과 꽃

마당가에서 딸아이가 논다
햇빛이 나무 그늘 사이를 달린다
채송화들이 노랗고 붉고 흰
창을 열고 내다본다
낮달이 패러글라이딩을 타고 지나간다

꽃잎 하나

석류 꽃잎 하나 진다
말없이 지는 그때
빗물에 비쳐서 떨어지고
내 눈에 비쳐서도 떨어진다
처마 밑에 들어온 길
길 앞을 막고 선 벽
집 안에 엎드린 강아지도 보았다
사랑보다 더 뜨겁게
적막보다 더 고요히
몸에서 내리는 꽃잎 하나
하나의 꽃잎은 얼마나 환하기에
어둠이 저리 비켜서는가

겨울로 간 목련

겨울로 온 이 나라 골목에
지난 봄 피었다 져 버린 목련
오늘 아침 다시 피어났다
난방 안 되는 방에 누워 있는 할머니 뒤로 하고
아침을 거른 채 등교하는 이웃집 어린 계집애
문 열고 나와 햇빛을 잡고 기지개 펴는 고 맑은 눈망울
에게
달라이라마같이 환생하여
참 하아얀 꽃 웃음을 보인다
살인, 강도, 사기, 절도, 성폭력의 별을 달고
골목 게시판 벽에 붙은 현상수배범들 앞에
당돌하게 고개를 쳐든 고 어린 계집에게
찢어지는 제 상처 아랑곳없이
새하얀 꽃송이를 들어 보인다
미쳤다, 철없다 그러거나 말거나
티브이와 라디오 방송을 타고
꽁꽁 언 이 나라에
그 마음의 꽃향기를 퍼트린다

따로국밥

그해 겨울, 먼 길 떠나는 수도승의 얼굴을 하고
할아버지는 보고 듣고 말하는 게 허망하다는 듯
병풍 뒤 관 속에 들어가 귀와 눈과 입을 닫았다
할아버지 돌아가시자
세상길 환히 열리고
이웃과 먼 친지 모두 모였다
상주인 가족들 곡을 하면
문상객들 하나 둘 문을 열고 들어왔다
할아버지는 무슨 수행을 하러 떠나신 걸까
어떤 수행이길래 가족들은 울면서 곡을 하는 걸까
문상객들은 왜 뒤늦게 와 노잣돈을 시주하는 것일까
아무도 할아버지의 수행에 대해 말해 주는 사람이 없고
누구도 할아버지가 떠난 길을 아는 사람이 없다
하지만 할아버지가 떠난 게 큰 잔치인 것은 틀림없다
도통 알 길 없는 그 수행은 큰 축제임에 분명하다
동지 추위에 어깨를 움츠린 사람들 저마다 제 자리를 찾아 앉아서
따뜻한 따로국밥을 한 술씩 입 속에 떠 넣는다

세상은 초상집에서 먹는 따로국밥 같은 것은 아닐까
할아버지의 말없는 수행은 따로국밥으로 추위를 녹이고
사람들 속을 배불리는 그런 따뜻한 것이 아닐까

발은 아직도 따듯하다

찬 논물 가에 장다리물떼새
조용히 긴 다리 한 걸음씩 옮긴다
깨금발로 물 위를 다니는 햇빛같이
쉬지 않고 논물을 헤젓다
걸음 멈추고 몸을 위 아래로 흔들더니
검은 부리로 미꾸라지 몇 마리 집어 삼킨다
배고픔을 채우고도 사냥은 쉬지 않는다
다리가 길다래서 그런가
아무데나 앉지도 않고
찬물에 오래도록 잠긴 발은 아직도 따듯하다
꽁지께 날개 붙이고 가끔씩 하늘을 우러르는
언젠가 내게 생길지도 모르는 그 검은 날개
엄동에도 따듯한 열기 내리지 않는 흰 가슴
오늘 빈 가지밭 한 자리에 앉아서
그놈 한 마리 내 품속에 기른다
따듯한 발로 추운 하늘을 걸어가는 꼴
눈가에 떠올리며

산벚꽃이 진 자리는 왜 환한가

산벚나무 꽃잎들 뛰어든다
어린 계집 다이빙 선수마냥
핑그르르
고난이도 공중묘기 재주를 보이며
땅으로 뛰어든다
분홍 꽃빛 튀긴다
올려다보는 나뭇가지마다 다이빙대이다
5미터 높이의 하이다이빙대
3미터 높이의 스프링보드다이빙대
그 위에서 꽃잎들의 다이빙 한창이다
이 세상 마지막 결승전 중이다
지난 날 자기를 완전히 버리고
오늘 또 자기를 완전히 버린다
그런 마음인 줄도 모르고
꽃잎들
인생 최고 행복의 점수를 얻기 위해
최선을 다해 뛰어든 그 자리, 참 환하다

초록

1

단군 오천 년의 말씀 하늘하늘하는
산그늘에서 같이 지냈다
저만치 겨울 물 아지랑이 하는 소리도 같이 들었다
누이의 속옷에 처음 달꽃 피는 그런 것이었다
나 몰래 다른 놈을 사랑하던 그녀도 보았다
어떤 꽃나무 가지는 방긋 웃어 보였다

2

한 여자가 눈물뿐인 사내의 맥을 읽고 가듯이
푸른 하늘의 뜻대로 그렇게 살아가야지
전생의 어느 외딴 길목
사랑을 잃어버려
그대를 알아보지 못하고
떠도는 나의 영혼은
꿈속을 들여다보는
버들나무의 초록같이 못 잊는
나의 영혼은

복숭아꽃 살구꽃 연분홍 그늘로 덮이는 그때,

3
때로는 한 줄의 시보다 어려운 삶 때문에
이승밖에 모르며 살아가는 그거 때문에
때로는 한 줄의 시 같은 여자가 가슴에 우물져
한 사람밖에 모르며 사랑하는 그 세월 안 잊혀져
초록잎 그늘 그리며
봄비 내리는 산에 저 산에

4
꽃잎 아래
꽃그늘로
꽃빛 앉아
꽃향기만큼 타는 슬픔이 되는가 싶더니
어느새 꽃비 내리듯 시를 쓰는
한 사내의 아픈 가슴을 움켜쥐고
저승에서도 못 끊는 그리움이 되는가 싶더니

한 생을 봄꿈 꾸듯 사는
가시내의 밑 물 터지듯
내 사는 고향이 다
초록이 되어 울고 있다

5

웃음을 팔기 시작한 꽃다운 나이
내 마음 다녀간 사람이 남긴 상처
그 어느 한 자리에는 풀꽃 한 송이
줄기를 타고 초록초록 돋아 오르네
모두의 가슴을 지나간 강을 보듯이

6

겨우내 말씀 없이
귀 듣기만 하는 하늘을 향해
가랑이를 벌리고 선 버들개지들
가지가지 매달린 연둣빛 목숨의 길을 따라
봄이 오기 전

그 길을 타고 내게 오기 전
내가 만든 길을 따라
내 마음이 먼저 나가 마중하여
손잡고 오는 그런 창을 하나 열어 두고
저기 저만치 산에 내리는 함박눈
아슴한 풍경을 물끄러미 세워 두고
아장아장 봄이 오면
봄이 온다면

7
이 나라의 새들이란 새들은 다 쉬었다 간다
저 밤하늘, 좇아가는 별들의 마당가 어딘가에
고향 앞 시냇물 소리 들리고 있을까
새들의 날갯짓만 보면 떠오른다
노랗게 노오랗게 피는 어머니꽃
새들이 떨군 울음 하나에도
아, 환하게 다 보인다
초록 그늘 내리는 내 어린 시절 꿈

초록으로 가는 정거장

1

겨울, 갓난 동생을 낳자마자
사흘 만에 개울에 나가
얼음을 깨고 언 손 호호 불며
찬물에 기저귀 빨래를 하던 어머니
그 마디 굵은 손의 큰 바다 세월
내 가슴에 생겼다 다 썰물지고 있네
차고 썩은 물을 자식에게 물려주지 않는 것
한세상 살아가는 동안 진실로
이런 것을 나는 사랑으로 알고 있네

2

마을 하나가 초록이 되어 우는 날은
사랑하는 누이가 저승에 갔다 잠시 다녀가는 그 며칠은
내 인연의 빈 들녘에 바람으로 살아가는 그리움은
죽음보다 아픈 세월의 추억으로 밤새 뜨는 일천 강의 달빛은

3

내일 내일 하며 살아온 그리움
어쩌다 눈물이 나고
약도 안 통하는 아픔 견딜 수 없어
죽은 누이야 보름달 떠서 집에 들어온
어머니 눈에 함빡 차는 물빛은
밤 깊을 때 와 이승에 한 사나흘쯤
텅 빈 무논에 가득 담아 두렴
그렇게 그리워 달리 생각하면
봄내 한 마을이 물이 되어 우는 소리
멀리 멀리 흘려보내렴

4

부엉이 깨어 우는 초겨울 저녁
엄마 걱정밖에 모르던 누이가 죽었다
벽에 걸려 있던 십자가의 예수님도
거울 앞에 서 있던 마리아도
새벽까지 울다 훠이훠이

비둘기처럼 날다 돌아갔다
살아갈수록 어느 순간 어디 자리에서나
신의 뜻이 주어진다
말없이 지켜보는 눈이 있다
영혼이 무엇이라는 것을 조금 알겠다

□해설

짧은 서정시의 긴 여운

전윤호(시인)

□해설

짧은 서정시의 긴 여운에 대하여

전윤호(시인)

둑새 언덕에 앉아
윤동주의 시 한 줄로 칡뿌리 씹을 때
추해당 꽃잎같이 노을졌다
노을빛은 섬의 이마를 문질렀다
아이들은 노을빛 손을 잡고
정신없이 강둑 위를 달렸다
물빛 사랑에 가슴 다친 물닭 하나
자꾸만 물속으로 들어갔다 나왔다
물때에 지붕의 노랑 칠 벗겨진 집
그리움 애절한 빨래들이 마르고
밀감나무 그림자는 돌담을 베고 잠들었다

—「강가의 저녁」 전문

강원도 춘천에는 낭만파가 있다. 이 문파는 비밀스럽지만 그들의 글은 그렇지 않다. 강과 호수로 둘러싸인 환경에 걸핏하면 안개가 내려 모든 것을 덮어 버리는 이 도시에서는 다른 동네라면 엄두도 못낼 표현들이 자연스럽게

받아들여지기도 한다. 윗 시를 보면 '물빛 사랑에 가슴 다친 물닭,' '그리움 애절한 빨래들' 같은 표현들이 나오는데 강호의 다른 도시에서라면 쓰기 참 어렵지만 이곳에서는 가능하다. 왜냐하면 춘천이기 때문이다.

내 입안에
그 여자 씨 하나가 생겼다
깨물어도 깨지지 않는 까만 사랑이

—「대추」 중

날 만져 봐
눈물을 버릴래
사랑을 버릴래

—「지렁이」 중

머언 꿈의 하늘로 헤매던 새들을 불러 모은다
나도 내 마음의 빛이 이야기하는 소리를 받아 적어
슬픔을 참고 사는 일을 가슴에서 따듯하게 하고
꽃이 되게 하여 내 사랑하는 사람들에게 가져다주고 싶다

—「봄빛 받아쓰기」 중

잠깐만 찾아봐도 이 시집은 이런 표현들로 넘친다. 앞에서 말한 춘천 낭만파의 흔적이기도 하다. 필자는 평론

가가 아니어서 해설을 써 달라는 청탁을 받고 곤혹스러웠다. 시를 분석하고 해부하는 건 시인의 몫이 아니기 때문이다. 하지만 거절할 수 없는 여러 인연이 이 글을 쓰게 만들었다. 하는 수 없이 글의 실마리를 잡기 위해 이 시인을 만나기로 했다. 아는 정보라고는 동시와 시를 쓰고 춘천에서 농사를 짓는 두 딸의 아버지라는 것 정도였다. 시를 쓰는 농부라면 이전에도 몇 사람 만나 본 적이 있다. 그들의 건강한 몸과 잘못된 정책으로 날카로워진 생각들, 뭐 대충 이런 특징들이 있지 않았나 싶다. 그런데 내 눈앞에 나타난 사람은 하얗고 예쁘장한 얼굴에 아담한 체구를 한 사내였다. 사십 줄이라는 나이도 믿기지가 않았다.

그에게서 춘천 낭만파의 고수들 이름을 들었다. 최돈선, 이외수…… 그렇다. 그는 이 비밀스러운 문파가 길러낸 새로운 시인이었던 것이다.

그는 문학에 뜻을 두고 청춘을 보냈다. 그러다가 농부인 아버지가 병에 들어 농사를 물려받았고, 지금은 전혀 적자를 보지 않는 스마트한 농민으로 살고 있다고 했다. 의암호를 끼고 있는 안개의 땅이 그의 영지였다.

그의 첫 시집이기도 한 이번 시집은 가족으로 일관하고 있다. 병중의 아버지, 어머니, 아내, 딸. 사실 첫 시집에서 가족은 언제나 가장 많은 부분을 차지하는 메뉴이기도 하다. 그라고 왜 어려움이 없었겠는가. 그런데 그의 고통은 숨어 있다. 일단은 가족의 고통이 너무 커서 그곳에 집중

한다.

한 몇 년 병상에 누워 한 마디 말없던 아버지
밭에는 꽃다지 냉이꽃 별꽃
아주 작은 꽃의 말만 하는 아버지

―「아버지의 꽃말」 중

오늘밤 나는 삼백 육십 일곱 개의 별을 헤고
어머니가 밭에 놓고 간 각자 호미처럼
외톨이로 견뎌 온 내 생애를 중얼거린다
아직 내게 천 개의 무지개가 남았다

―「허수아비 시간」 중

사실, 그는 갈매기가 되어 섬으로 가고 싶어 한다. 하지만 아버지의 틀니가 가부좌를 틀고 그의 가슴을 누른다. 상처 입은 토마토 같은 아내와 두 딸들은 또 얼마나 큰 의무인가. 사실 그의 시중 가장 많이 알려진 시를 보면 그런 그의 심정이 엿보인다.

늦은 밤 열차를 타고 집에 도착하니
봄내 하늘에 별들이 가득해
서울 저녁 하늘 아래 재우고 온
어린 딸 숨소리 같은 맑은 꿈도 하나

뒤따라와 글썽이며 손짓하는 것 같아 가만
서서 한참 올려다보고 괜히
이 어둡고 차가운 밤이 걱정이 돼
집안으로 들어가는 걸음이 안 떨어지는데
눈 비벼 다시 보니
어린 딸의 별이 환하게 반짝이며 웃어
산수유 꽃 향기를 한 마지기씩 흘려보내는
이 깊은 봄밤에 나는 나비도 안 되고
십 원 짜리마냥 자꾸만 작아진다

—「작아지는 봄」 전문

잠자는 예쁜 딸의 웃음을 보면서 그는 왜 자꾸 십 원짜리 동전처럼 작아진단 말인가?

그의 이력 중 하나는 동시로도 등단한 시인이다. 그래서 이 시집에는 동시로 볼 수 있는 시들이 섞여 있다. 나는 그에게 선배랍시고 어줍잖은 충고를 했다. 동시는 동시대로 따로 묶으라고. 그는 동시를 쓰는 어른인가, 어른의 시를 쓰는 아이인가. 분명하게 할 필요가 있을 듯하다.

내가 좋게 읽은 시들은 짧다. 그는 짧게 함축한 싯구에서 장기를 발휘한다.

새벽

새들이 강에 앉아 가슴으로 문지르고 있다

물안개 피어오른다 따뜻하게
강이 흐른다

—「의암호」 전문

조금 길다 해도 아래 시처럼 열두세 줄이 적당한 호흡이다.

석류 꽃잎 하나 진다
말없이 지는 그때
빗물에 비쳐서 떨어지고
내 눈에 비쳐서도 떨어진다
처마 밑에 들어온 길
길 앞을 막고 선 벽
집 안에 엎드린 강아지도 보았다
사랑보다 더 뜨겁게
적막보다 더 고요히
몸에서 내리는 꽃잎 하나
하나의 꽃잎은 얼마나 환하기에
어둠이 저리 비켜서는가

—「꽃잎 하나」 전문

이 시집에 나오는 긴 호흡의 다른 시들은 그래서 아직은 다음으로 넘겼으면 좋겠다. 시는 역시 짧을수록 좋다.

첫 시집을 보여 주는 시인은 아직 자기의 말을 다 시작하지도 않았다. 그의 시들을 읽다가 어떤 시행에 이르면 깊고 어두운 경지를 느끼며 깜짝깜짝 놀라기도 하고 일평생을 시만 쓴 노시인의 시 같은 느낌을 받을 때도 있다. 그런 부분들은 그가 애써 덧붙여 놓은 동시에 가려져 혼란을 주기도 하지만 그가 춘천 낭만파의 전도 유망한 후계자라는 사실에는 변함이 없다.

일단 그의 맑은 서정은 동시대의 시인들에게 찾아보기 어려운 희귀한 재능이다. 그리고 그가 사는 삶 역시 온통 시투성이인지라 굳이 애쓰지 않아도 시의 문전옥답이 그의 것이다. 다만 선배 시인들의 시어 사용은 극히 조심해야 한다는 주의 사항은 전하고 싶다. 그들의 언어들은 평생을 걸쳐 이룩한 내공의 소산이다. 수면의 위와 밑을 다 보는 눈과 안개의 저쪽까지 가 본 자만이 쓸 수 있는 단어와 표현들은 극독을 가지고 있어서 항상 주의를 요한다.

나는 차창호라는 시인이 이제 발동을 걸었다고 생각한다. 그의 시들은 이제 더욱 발전할 것이고, 아름다운 서정의 꼭대기까지 올라갈 것이다. 그러기 위해서 그가 자신의 영지인 의암호에서 용궁으로 가는 입구를 발견하기를 바란다. 다른 사람은 듣지 못하는 인어의 노래를 받아 적기를 바란다. 춘천 낭만파는 사라져서는 안 될 우리 시의 자양분이기 때문이다.

마지막으로 나도 들어가 보고 싶은 그만의 세상을 그린

시를 올린다. 세상이 텅 비면 그가 호수 위에 안개를 기초로 삼고 아름다운 삼층탑 하나 올리기를 기원해 본다.

침침한 눈으로 바늘에 실을 꿰던 할머니는
마루 끝에서 실을 따라 바늘귀로 들어가시고
그 옆에 졸고 있던 할아버지
할머니 뒤를 좇아
슬그머니 바늘귀로 따라 들어가십니다
마루 밑에 엎드린 마당개
마당에 막 피는 패랭이꽃도
바늘귀 속으로 따라 들어갑니다
기와에 떨어지는 빗방울
기둥 타고 내리다
바늘귀 속으로 따라 들어갑니다
온 세상이 텅 비어 있습니다
빗소리만 가득합니다

—「바늘귀」 전문

아버지의 꽃말
차창호 시집

초판 1쇄 2017년 10월 30일

지은이 · 차창호
펴낸이 · 김종해
펴낸곳 · 문학세계사

주소 · 서울시 마포구 신수로 59-1(04087)
대표전화 · 02-702-1800 팩시밀리 · 02-702-0084
이메일 · mail@msp21.co.kr
홈페이지 · www.msp21.co.kr
페이스북 · www.facebook.com/munsebooks

출판등록 · 제21-108호(1979.5.16)

값 9,000원
ISBN 978-89-7075-866-4 03810

이 도서의 국립중앙도서관 출판예정도서목록(CIP)은 서지정보유통지원시스템 홈페이지(http://seoji.nl.go.kr)와 국가자료공동목록시스템(http://www.nl.go.kr/kolisnet)에서 이용하실 수 있습니다.(CIP제어번호 : CIP2017026982)

이 책은 전문예술창작지원 사업의 일환으로 강원문화재단의 기금을 지원받아 발간되었습니다.